Dr. Miguel Martín Farto

AF255996

En este volumen se unieron dos libros, que fueron publicados en Cuba:

Las Aventuras del Kio Ki
y
La Parrandita

LAS AVENTURAS DEL KIO KI

Y

LA PARRANDITA

Publicado por
D'HAR SERVICES
Editorial Arte en Diseño
Global
P.O. Box 290
Yelm, WA 98597
www.dharservices.com
info@dharservices.com
dharservices@gmail.com

Derechos de autor © 2016 Miguel Martín Farto
ISBN-13: 978-1086627299

Ilustrador: MANUEL RODRÍGUEZ BELLO

Manuel Rodríguez Bello, realizó los dibujos de la carátula y contracarátula y todos los dibujos que aparecen en el interior. Él otorga sus dibujos como un aporte importante en la educación y en favor de las futuras generaciones

Diseño de Carátula© Xiomara García

Derechos Reservados Todos los derechos de autor están reservados. Este libro no se puede reproducir completo o por partes, o traducir a cualquier idioma por medios electrónicos, mecánicos, fotocopiado o ningún otro sistema sin la previa autorización por escrito de la autora, excepto por alguna persona que use pasajes como referencia. El autor envió su propia corrección y estilo.

Impreso en Estados Unidos

Dedicatoria:

Las Aventuras del Kio Ki; es el primer libro que escribí siendo un adolescente, se lo dediqué a mi abuelo Luis Farto, por todos los cuentos que le escuché cuando niño.

La Parrandita se la ofrecí a mi madre y mi padre, a mi maestro Samuel Feijoo y a todos los niños.

En 1999 se hizo este volumen completo, y se lo dedique, al pueblo de San Juan de los Remedios, a ese terruño rojizo que está en mi Cuba y también a todos los que andan por el mundo, como yo.

Esta reedición la hago en homenaje a la proclamación por la UNESCO de Las Parrandas Remedianas Patrimonio Cultural Inmaterial de la Humanidad (2018).

A– los 40 años del Museo de las Parrandas Remedianas (abril 2020) y a los 200 años de Parrandas Remedianas (diciembre 2020)

ÍNDICE

PRÓLOGO

Al Joven Lector.

La importancia de los cuentos infantiles escritos por el joven médico Miguel Martín Farto, radica en que son los primeros cuentos infantiles cubanos que surgen de nuestro folklore. Viviendo en una de las más antiguas ciudades de Cuba, Remedios, Martín Farto aprendió desde muy niño el significado de los mitos y leyendas Remedianas. Y es por ello que sus cuentos nacen impregnados de las leyendas populares y de los lugares donde estas se gestaron.

Las aventuras del grupo de jovencitos denominado el "Kio Ki", ocurre en las calles, barrios y campos de Remedios, y sin el conocimiento de esos mitos buena parte de sus regocijos quedarán ocultos a los niños no remédianos.

Por ello cada cuento tiene al pie la leyenda por la cual transcurren las aventuras.

En estos cuentos se aprende a no tener cobardía a los falsos fantasmas y apariciones de otras épocas que atemorizaron las mentes supersticiosas de nuestros abuelos.

SAMUEL FEIJOO
1973

Parte I

LAS AVENTURAS DEL KIO KI

LOS HOMBRES DOBLEGUS

Nuestra escuela estaba de fiesta: finalizaba el curso y el grupo Kio Ki obtendría seguramente un premio.

Cómo no íbamos a estar contentos si nuestros padres nos habían dicho: "Si pasan de grado, las vacaciones les pertenecen por entero".

Nuestros padres cumplieron su palabra, y de este modo nos encontramos en el campamento campestre que pedimos. Este, medio abandonado, se mantenía en pie. La primera acción del grupo sería repararlo: pintar y organizar la casita de tablas donde nos alojábamos.

Mientras estábamos trabajando, Eduardo encontró un cuadro empolvado donde se dibujaban tres palmas. José Emilio cogió un paño y trató de limpiarlo. Yo, me quedé mirándolo fijamente mientras lo frotaba. De pronto el campamento se inundó de humo azulosos y no tardaron mucho en presentarse tres hombres, pintorescamente vestidos. Sus figuras resultaban muy extrañas, pues, aunque hombres normales, vestían de una manera rara. El hemicuerpo izquierdo lucia ropas antiguas y el derecho modernas. Con voces roncas pronunciaron las siguientes palabras:

"¿Qué quiere el grupo Kio Ki?"

Quedamos un rato perplejos, pero luego Ricardo se recuperó y dijo:

—Nosotros, pediríamos miles de cosas...

Eduardo añadió: Sean ustedes los que decidan señores... señores...

—Los Doblegus, los hombres Doblegus— respondieron.

Y a continuación nos explicaron que el obsequio que nos darían se nos entregaría debido al buen comportamiento en clases y que las vacaciones serían inolvidables. Dijeron también que ellos podían viajar por el tiempo como nosotros por la carretera y andar del presente al pasado como ir de Remedios a Caibarién.

El regalo consistía en llevarnos al archivo del tiempo, donde un Departamento, junto con las fábulas y los cuentos de la mitología griega y romana, se encontraba un lugar para Cuba, y dentro de ella, las costumbres y leyendas Remedianas.

De pronto me vi volando entre los hombres Doblegus con todo el grupo Kio Ki. Estrellas, nubes, luna de diferentes tamaños y formas y soles pasaban a nuestro lado por segundos, sentimos lluvia, viento, calor y frío. Después llegaron montañas y océanos.

A lo lejos, en una concha, una mujer hermosísima peinaba sus cabellos al ritmo de una rara música. Después apareció una isla, un hombre, muchas sirenas, los cabellos del hombre eran largos, al igual que la barba. Sus ojos brillantes, grandes y azules.

Vimos un joven tocando una cítara.

Y también, a un hombre atado en la cima de una montaña y un buitre comiendo su lado derecho.

Seguimos el viaje y nos encontramos un inmenso jardín poblado de jacintos, dalias, tulipanes, camelias blancas y estériles. Miles de pájaros huían a nuestro paso. Donde se destacaban los zunzunes, sabaneros, pitirres, azulejos y muchos sinsontes.

Aparecieron a nuestra vista tres palmas, en alineación horizontal: la del medio se elevaba sobre las demás. Detrás de ellas un gigantesco portón, construido con balaustres de madera tallada, adornado con faroles de carburo y unas letras que decían:

"REMEDIOS Y SUS TESOROS DE LEYENDAS"

Se abrió a nuestro paso el portón y un inmenso paisaje apareció. Aquello era sorprendente: el amanecer, el día, el crepúsculo y la noche se mezclaban. Había oscuridad en algunas partes mientras que en otras brillaba una primavera eterna.

Todas las leyendas y tradiciones estaban allí. Nosotros conocíamos muchas de éstas.

Había pasado un minuto y de pronto vimos una poza, ramas de árboles proyectándose sobre ella y alguien que se lanzaba sobre sus aguas. Un Doblegus dijo:

— Lo han visto, es el Güije de la Bajada.

No tardamos en escuchar un grito salido de las profundidades de la tierra, capaz de congelar la sangre del más valiente. Se oía a lo lejos, en una calle solitaria. Un Doblegus aclaró:

— Es espantoso, pero no tengan miedo, nada les pasará.

Había aparecido una mujer vestida de blanco, manando sangre del pecho. Mi amigo Alexis gritó:

— Ay, vámonos de aquí.

Yo cerré los ojos y oí al Doblegus que nos explicaba:

— Si, es la Gritona de la calle la Mar.

Pasó un rato...

– Miren muchachos, miren para aquello.

Era la casa remediana "El Palomar". Primero vimos la hermosa mansión que fue antiguamente; después apareció en sus actuales ruinas.

Asimismo, vimos a "viudas" y "resbalosos", también hallamos al "Indio Martín", el último representante de nuestros aborígenes.

El ambiente se llenó de una música que además de ser agradable era muy conocida: las polcas de los barrios remedianos sonaban en nuestros felices oídos.   Al final, un ramillete de voladores iluminó la noche y varios fuegos artificiales derrocharon sus luces de colores.   Aparecieron entonces las banderas de los barrios "El Carmen" y "San Salvador". Detrás la "Conga", una colección de trabajos "de plaza", desde su fundación a la fecha, y por sus lados un desfile de carrozas de todos los tiempos remedianos.

De pronto volví a ver las tres palmas y los muchachos organizando el campamento.

"He soñado despierto, pensé" tengo la cabeza tan llena de las viejas fábulas de mi pueblo que estas surgen donde quiera.

Y me fui a clavar tablas sonriendo.

ACLARACIONES PARA LOS NIÑOS:

EL GÜIJE DE LA BAJADA: Era un negrito fantástico que según la leyenda vivía en los ríos. LA BAJADA es un lugar de Remedios.

LA GRITONA DE LA CALLE LA MAR: Es una trágica leyenda de asesinato, muy antigua de Remedios. Cuentan que una mujer celosa se fue a consultar un brujo para reconquistar el amor de su esposo.

Durante la travesía de su casa al lugar de la cita con el brujo, debía andar dando gritos.

El esposo enterado de las actividades de su mujer y creyéndose traicionado por ésta, decidió perseguirla y matarla. Así lo hizo. Y dice la leyenda que desde entonces sale todas las noches una mujer dando espantosos gritos mientras mana sangre de su pecho.

LAS VIUDAS: Fueron personajes que hasta tiempos muy recientes existieron en este pueblo. Eran individuos de ambos sexos que con negros disfraces y fines delictivos deambulaban por las calles solitarias a altas horas de la noche.

LOS RESBALOSOS: Fueron individuos que existieron en épocas pasadas en tiempos de mis abuelos.

Estos personajes con fines delictivos penetraban en las casas de esta ciudad, desnudos y completamente embarrados en cebo para que resbalaran las manos de sus perseguidores y hacer así difícil su captura.

EL INDIO MARTÍN: Fue un bandido que existió en el siglo pasado por zonas cercanas a Remedios.

Por sus innumerables fechorías, la superstición hizo creer a muchos que era un demonio, que se trasladaba de un lugar a otro con una rapidez increíble. Más tarde el INDIO MARTÍN fue apresado por las autoridades de aquella época.

BARRIOS "EL CARMEN" Y "SAN SALVADOR" en Remedios se celebran unas fiestas tradicionales llamadas "Las parrandas". Allí dos barrios "El Carmen" y "San Salvador" discuten la supremacía cada año, quemando voladores, fuegos artificiales etc... y exhibiendo carrozas y trabajos de plaza.

TRABAJOS DE PLAZA: Realizaciones artísticas y monumentales, que se construyen en las antigua Plaza de Arma hoy parque Martí en medio de Las Parrandas.

EL ZOOLÓGICO

Al día siguiente de presenciar la función del circo, nuestro grupo no tenía en la mente más que elefantes, leones y leopardos. También se hablaba de los monos y sus murumacas.

El proyecto que habíamos concebido de hacer una piscina se fue a tierra. Algunos se veían ya como domadores de leones o magos poderosísimos. El circo nos había hechizado.

Ricardo dijo:

—Muchachos, ya que sabemos tanto de animales ¿Por qué no hacemos un zoológico?

—Un zoológico.... dijimos.

Estimamos muy acertada la idea. Sería maravilloso, y así podríamos hacer algo que valiera verdaderamente la pena.

—Está muy bueno eso – dijo Rogelio – y agregó:

—Además, después podemos hacer hasta un circo con todos los animales del zoológico que amaestramos.

—Bien, eso es un batazo... – dijo Alexis –.

Todos aceptamos la idea del zoológico. Lo verdaderamente difícil consistía en conseguir los animales. ¿Cómo encontrarlos?

Nos dimos a esa tarea. Buscamos los representantes más cercanos del reino animal: lagartijas, cucarachas, renacuajos, ranas y sapos.

Secuestramos la cotorra de al lado de mi casa. La jicotea de Dorotea se perdió... y en casa de José Emilio no quedó una golondrina en el techo. También conseguimos guajacones, mariposas, abejas, dos tomeguines del pinar, un azulejo, el caballito del mar de mi prima Alicia, hasta un aura tiñosa, un murciélago y dos alacranes sin ponzoñas. Ya teníamos un pequeño zoológico que nos hacía sentir felices.

Le dije a Alexis:

—Oye, falta una cosa que es fácil de conseguir...

—Dime...

—Los cocuyos... Además, nos servirán para alumbrar nuestro parque por la noche.

Sabíamos que finalizando la calle de la Mar abundaba ese tipo de insectos y sería muy fácil encontrarlos. Esa misma noche con un par de coladores de café fuimos a su búsqueda.

La noche era oscura y la calle solitaria. El viento levantaba nubes de polvo, removiendo con fuerza los arbustos. El silencio era impresionante. De no haber sido por el embullo hubiéramos desistido de la idea.

Caminamos por la calle de la Mar hasta su final.

Un rato más tarde dos pomos llenos de cocuyos nos mantenía alegres.

—Mira, Alexis ese que vuela, ese si está bueno...

–Es verdad...

Era un gran cocuyo, que a una altura medianamente elevada nos desafiaba con su lucecilla. Alexis no lo pensó más. Y con gran dificultad subió una débil cerquita. Antes de un minuto, un ruido, un grito, y Alexis que rodaba por el suelo.

– ¡Qué lío!

Una voz violenta nos preguntó.

–Pero ¿qué es eso?

Me creí preso o convertido en la diana de alguna pedrada. Alexis se levantaba ya cuando una vieja le regañaba.

–Miren lo que han hecho... Váyanse antes de que me ponga brava... Por poquito me dejan sin casa.

Y para no dejarnos ir sin castigo nos dijo:

–Oigan, cuidado con La Gritona, le gusta salir en las noches como estas...

Mejor hubiera querido recibir una bofetada o ser llevado ante la justicia que recordaba tan temible leyenda.

–Es verdad. – dijo Alexis –

Y yo seguí pensando "Estamos en la boca del lobo".

Y recordé claramente la vieja leyenda Remedianas "Despúes de haber sido asesinada cuando se encontraba con el brujo que   le suministraba los brebajes, su espectro sale todas las noches dando gritos por esa calle y manando sangre de su pecho".

No sabíamos qué hacer en la oscura noche: si correr, cantar o caminar despacio. Solo sé que nos dimos la mano en medio de la calle creyendo que en cualquier momento nos saldría "La Gritona".

Mi mente confusa me hacía ver visiones por todas partes. Viento y silencio. Entre la mayor oscuridad salió un grito de no sé qué lugar que nos paralizó por completo.

Un escalofrío nos recorrió los cuerpos y arrancamos a correr con todas nuestras fuerzas. Los gritos seguían y corríamos más.

Los gritos aumentaban. Doblamos la primera esquina a gran velocidad. En esto un grito aun mayor surgió de nuestros pies.

– ¡la Gritona! – exclamaba Alexis, mientras brincaba.

Alexis daba grandes saltos porque dos gatos en feroz pelea chocaban con sus pies dando chillidos espantosos.

EL RESBALOSO

Frío, soledad, viento o quizás también un recuerdo de alguna leyenda perdida en el tiempo, se conjugaron contra mí, y esa noche, cuando iba a tener una gran reunión con el grupo Kio Ki, no pude salir. ¿Qué iba a ser? Lo único que atiné fue a rezongar detrás de un butacón. Allí pasé un rato. Luego sentí una voz consoladora que me llamaba.

—A ver hombre. ¿Qué le pasa a mi nietecito? No sufras. ¿No ves que tu padre solo quiere el bien para ti? La noche está fría y hay mucho sereno. De seguro que te enfermarás si sales.

—Pero la reunión, el grupo, abuelo, el grupo...

—Ellos no saldrán tampoco. Bueno, chico. ¿No has oído hablar de Facunda la Cabezona?

—Si...

—Bien y de "Los Resbalosos", de esos seguro que no.

Ya venía mi abuelo con una de esas historias y a mí, que me gustaban mucho sus cuentos.

El abuelo comenzó:

— "Los Resbalosos", ¡sí existieron de verdad! Estos resbalosos...

Oye, oye, – dijo una voz amiga a mi espalda.

–Eh, Rogelio. ¿Qué haces ahí en la ventana?

–Vamos, no pierdas tiempo: brinca, que se hace tarde para la reunión.

Pronto me vi corriendo por una calle pedregosa. Al final de ésta la luna se escondía.

– ¿Dónde es la reunión?

–En un lugar secreto – dijo Rogelio –

En la oscuridad algo vino a mi mente y pregunté.

– ¿Qué sabes tú de los resbalosos?

– ¿Los resbalosos?... Ah sí, dice abuela que andaban desnudos y embarrados de cebo por todas partes, para que nadie los pudiera capturar.

– ¿Y qué hacían?

–Meterse en las casas, y ya tú sabes, se robaban lo que encontraban...

– ¡No me digas!

–Bueno, pero eso fue hace tiempo...

En ese momento chilló una lechuza y un pino se movió con gran ruido. Después sentí gritos y varios objetos que rodaban, Siguieron los estruendos y de la ventana situada frente a nosotros vimos saltar un hombre. No cabía duda que era él, "el resbaloso". Hallé una soga cercana. La hice un lazo, no sé ni en qué momento lo tiré, pero di en el blanco, lo enlacé por el pecho. Sin embargo, no se detuvo y me sentí arrastrado por toda la calle. Rogelio se había quedado atrás. Yo le gritaba:

– ¡Rogelio, muchachos, que vengan los "Kio Ki" a ayudarme!

Pero era inútil, nadie venía.

De pronto aquella figura frenó y yo fui a dar contra ella.

– ¡Ay, mi madre, donde me he metido! – grité –. Entonces oí que el resbaloso musitaba.

–Esto te pasa por fresco, Ahora verás...

No queda otro remedio, tenía que portarme valiente, como un verdadero miembro del "Kio Ki". reaccioné rápidamente descargando con toda mi fuerza un pisotón en su pie descalzo, esto lo hizo saltar y fue en ese momento cuando le puse una zancadilla y lo tumbé, pero esto no fue lo más ventajoso, porque fui arrastrado hasta el suelo, metido en una lucha a muerte. Rodé bañado de sebo y tierra, forcejeando. De pronto sentí un fuerte golpe en la espalda y grité:

¡Auxilio, me matan!...

No había acabado mi petición de socorro, cuando vi que no estaba en la calle. Aún fue mayor mi sorpresa cuando noté que el resbaloso se había convertido en una almohada sudada y que yo estaba enredado con el mosquitero.

LA CAPTURA DEL GÜIJE

La leyenda cuenta, que los únicos que podrían capturar a este personaje, eran siete personas llamadas Juan cada uno.

Repito: EL GÜIJE DE LA BAJADA, era un negrito feo, de unas seis cuartas de alto, sumamente barbudo, dotado de una fuerza extraordinaria y que vivía dentro del agua en un charco de la Bajada; zona cercana a Remedios.

***

Éramos piratas. Desde lo alto de la copa de un árbol el vigía dijo:

—La flota española se alerta a nuestro ataque... ¡Todos a cubierta, preparen los cañones!

A lo lejos un grupo trabajaba incesantemente. Pero no se veía a los españoles. Rogelio dijo entonces:

—Caballero, qué bobos somos, hoy es la víspera del San Juan (1) y esta noche queman la pila de leña que están haciendo allí. Yo recordé algo más y dije para mí...

—Veintitrés de junio, mañana es San Juan, en esta madrugada es el momento...

—Muchachos, tengo una idea que les va a gustar...

Todo el año había esperado este día, todo el tiempo había estado buscando datos sobre el asunto, no cabía duda, si alcanzábamos la victoria seríamos muy famosos. Les grité:

– ¡Oigan esto! El gran grupo el Kio Ki ha apresado el legendario personaje remediano "El Güije de la Bajada". Así va a salir escrito en la prensa. Muchachos ese es el plan.

Una exclamación afirmativa con gritos de alegría fue la respuesta.

–Le dije entonces:

–Estemos aquí a las siete de la noche, con todo lo que puedan buscar para la captura.

Solamente en el día de San Juan, según dice la leyenda, es cuando se puede coger el Güije. Sonando las doce de la noche en el reloj de la Iglesia Mayor y saliendo del agua el negrito endemoniado era la misma cosa, ese era el momento. Nos llamaríamos Juan cada uno. Seríamos los siete Juanitos que cuenta la leyenda.

El día fue muy largo, pero por fin nos vimos caminando por la carretera de Camajuaní. Delante iba Plácido, el negrito alegre, que enseñaba sus blancos dientes satisfecho y nos servía de guía.

Alguien comenzó a entonar la canción del grupo y todos le seguimos:

Recordando a nuestro abuelo

El valeroso mambí

este grupo nunca teme

porque somos el Kio Ki.

A un lado se desviaba un camino, un camino pedregoso. En el horizonte: La Puntilla, la barriada del gigante, la montaña más grande que mis ojos habían visto.

"La Puntilla" "Cuanto misterio" ¡Cuánto tesoro habrá escondido en su cima! – pensé –

– Por aquí por este camino llegaremos a la poza del Güije dijo el guía.

Ya en el medio del camino, este se fue cerrando poco a poco.

La noche llegó con sus ruidos extraños. Por allá cantó una lechuza, por aquí silbó una cigarra que nos hizo mirar hacia atrás, pero seguimos adelante, poco después apareció el viento. Gimieron los pinos y el flamboyán se interpuso con sus flores, los árboles se tornaron de las más diversas formas, la oscuridad era aún mayor, las aguas susurraban al contacto con el viento.

Entonces surgieron voces del grupo:

–Nos estará esperando...

– ¿Qué es aquello?

Unos ojos se movían en unos ramajes...

–¡El güije! ¡Miralo! ¡Está ahí, es el mismitico!

José Emilio se adelantó, dio un traspié y cayó.

–Lo han matado...

– ¡Cuídense los ojos! –Gritamos todos– Si nos mira nos da fiebre.

– ¡Los ojos, los ojos, tápenselos!

La sábana, la cabuya, sonó un candado... Lo atrapamos bien.

–Cuidado con mi mano.

–Echa para allá los tarros.

–Tú, agárrele las patas.

La red, la cadena, sonó el otro candado. Lo miramos ya preso, jadeando todos con orgullo.

–Muchachos, ganamos la pelea.

–Somos la candela, lo que no ha podido hacer nadie...

–Somos la candela, lo que no ha podido hacer nadie lo hemos hecho nosotros; ¡Agarrar al güije!...

–Si yo pudiera lo traería mañana por la calle como un perrito.

Nos encontramos al llegar al pueblo, con unos policías, a los cuales mostramos al Güije. Un sargento lleno de sonrisas, nos dijo:

–Han hecho una labor formidable, pero ahora vayan para sus casas. Este Güije no se podrá escapar. Lo pondremos entre rejas...

Nos marchamos alegremente. Pero en la esquina cuando conversábamos del tremendo asunto, oímos algo parecido a un berrido.

José Emilio exclamó:

– ¡Miren cómo se entretienen estos policías, jugando con un chivo!

(1)San Juan: Son las fiestas patronales de Remedios, pues el nombre completo de ese pueblo es: "San Juan de los Remedios" Allí se efectúan carreras a caballos, argollas, gato en tinaja, juegos de todas clases y más recientemente, carreras en bicicleta, patines y sacos. La noche anterior se quema una fogata en el parque y se ha añadido la escenificación de la captura del güije.

Nota del editor:

Este cuento fue llevado a la televisión nacional de Cuba en la década de los setenta del siglo pasado, en forma de dibujos animados y fue muy popular en toda la isla. En las fiestas actuales han incluido como parte de los juegos "La Captura del Güije".

EL ACUARIO

De pequeño me gustó mucho el mar y sus habitantes. Los encontraba tan misteriosos que muchas veces me vi navegando en

un barco pesquero perdido por las profundidades marinas, entre pulpos, mantas y peces de diferentes variedades y especies.

Había conocido un acuario y entusiasmado por lo visto, llamé al grupo.

—Caballeros, hay que hacer un acuario...

Surgieron comentarios. Uno habló del pez torpedo, el que despide electricidad. Otro dijo que una biajaca y un poco de corriente eléctrica resolverían el asunto. Embullados con los proyectos, había muchos que pensaban irse a la mar cuanto antes y explorar todos sus rincones.

—Yo pienso, que para ir haciendo algo provechoso debemos llegarnos a la zanja de la calle de La Mar. – dijo Rogelio.

—Eso es, tenemos que empezar por abajo, y luego ya veremos...

El trabajo comenzó. El que no buscó un colador, trajo un pedazo de mosquitero, tres o cuatro lombrices, pita o hilo. Pronto tuvimos el avío de pesca. Dejando dos cubos, un platón y tres palanganas viejas como el acuario primero, y nos fuimos cantando a realizar nuestra empresa. Ya en el lugar, después de un tiempo de trabajo, solamente se había pescado raíces, palos, una bota vieja, dos

jarros y la goma de un automóvil.

—Oiga, si seguimos así limpiamos la zanja – dijo Rogelio.

– ¿Vamos al río subterráneo?

– ¿Dónde está ese rio– le preguntamos a Plácido?

– ¡En la Cueva del Boquerón!

La palabra se dejó oír como un eco entre nosotros. "El Boquerón" una cueva en la loma del Tesico, escenario de numerosas leyendas, escondite de corsarios y piratas, un lugar misterioso. Llegó a decirse que esta era la puerta del infierno.

—Allá no voy ni a jodía... – dijo Alexis y agregó—, en ese rio vive una "Madre de Agua".

—Pues si vive una "Madre de Agua" mejor todavía, pues si la pescamos sería un ejemplar único y entonces sí, nuestro acuario se haría famoso.

Y era verdad, se dice que la "Madre de Agua" es una serpiente acuática milenaria con tarros como toro y en el lugar donde viva siempre habrá agua.

—Hay que pescarla a como dé lugar– dijeron Rogelio y Ricardo.

A nuestros avíos de pesca solo le agregamos una soga pues ese tipo se serpiente son bastante grande y para podérnosla llevar

había que amarrarla bien y cargarla entre todos.

Así que avanzamos rumbo al Boquerón. Matas de corojo, hierbas y algunas palmas canas poblaban el lugar.

—Mira un chipojo! – gritó José Emilio.

Y al momento era blanco de nuestras pedradas.

—Caballero guarden fuerza para nuestra pesca, que no es fácil— les advertí y así logramos seguir nuestro camino sin interrupción.

Cuando llegamos frente a la cueva pudimos observar toda la zona: bayoyas, lagartos y algún jubo que se perdían de nuestra vista eran sus habitantes. La entrada se dirigía hacia las profundidades de la loma. Dos matas de ceiba que se levantaban a ambos lados; eran los guardianes perennes del lugar.

—Con cuidado

—Pero si no tengo farol

—Ya nos acostumbraremos…

—Yo tengo miedo

Dentro de la cueva caminamos hasta el fondo, allí la cueva continuaba por un agujero algo estrecho, pero todos lo pasamos y estuvimos en otro salón donde al final estaba la famosa poza, lugar donde seguramente habitaba la rara serpiente. Llegamos a la orilla

de la misma cuando Placido dijo:

– ¡Es la poza del remolino! Estén atento que en cualquier momento sale.

–Vamos a lanzarle el anzuelo a ver si pica.

–No, no hace falta...

Pasaron algunos minutos, cuando de pronto, las quietas aguas empezaron a moverse y un mole emergió de las profundidades de la poza. Aquello era inmenso.

–Tírale el lazo Alexis, tu eres muy bueno enlazando.

–No sé si pueda, estoy temblando de miedo.

–Arriba amigo ¡tú puedes!   ¡tú puedes!

Fueron nuestras palabras las que le dieron el ánimo necesario para el lanzamiento, que sin duda ninguna dio en el blanco; enlazando aquella gigantesca cosa.

– ¡Lo logramos… lo logramos! -gritábamos todos– a la par que tiramos con toda nuestra fuerza para arrastrar aquello hasta la orilla. Y claro que lo logramos, la felicidad que nos embargaba redoblaba nuestra fuerza. Pero lo que sucedió después si nos hizo desplomar el entusiasmo. Fue cuando nos dimos cuenta que la legendaria Madre de Agua no iba a servir para el Acuario, si acaso, solo para leña de fogón.

LA GALLINA Y LOS POLLITOS

Cuentan los ancianos que existe un fantasma en forma de Gallina y Pollitos, que sale y desaparece en el parque infantil de Remedios.

***

Una tarde vimos a Plácido, tenía el rostro de una persona muy intrigada. Nos dijo:

—Ayer, tarde en la noche, cuando llegué al parquecito infantil, vi una gallina y me puse contento. La cogí y entonces se aparecieron los pollitos. Le eché el guante también. ¡Qué cría tengo! —dije para mí—pero cuando me dirigía a la casa...

— ¿Qué pasó? —le preguntamos.

—No había nada. ¡Desaparecieron! ¡Qué misterio!...

A todos se nos crispó el pelo, parecía alambre de jaula. Pero hubo un guapo, al que llamaban Matraca, que acercándose al grupo nos dijo:

—Los valientes deben demostrar su valentía.

—Tú eres medio alardoso —dijo otro.

— ¿Por qué no desafía a la gallina?

Matraca aceptó el reto y Plácido le dijo que a las doce de la noche, frente al parquecito, dijera las siguientes palabras:

En este parquecito

que de día es bonito

y de noche feíto

que me salga la gallina

y los pollitos.

Cuando esa noche el valiente llegaba a la cita, nosotros ya estábamos escondidos por los alrededores. Se hizo un gran silencio cuando Matraca, frente al parquecito dijo:

En es–te par–que–ci–tooo.

que– de– día– es boo– ni– to...

No creo en gallinitas

Ni en pollitos que hagan nada.

No había acabado de recitar cuando sintió el ruido de muchos pollitos, ¡Pio!, ¡Pio! y de la gallina... ¡Cloc!, ¡Cloc!

Matraca salió huyendo como un viento aciclonado. Se desapareció del parque en un instante.

Nosotros no moríamos de la risa y Eduardo rodeado de pollitos, gallinas, patos y guanajos que había traído en un saco de su gallinero, gritaba:

—¡Ahí va, ahí va el guapo!   ¡Matraca cree en fantasmas! ¡Atájalo!, ¡Atájalo!...

EL TESORO DEL PALOMAR

El Palomar, era una casona en forma de castillo, muy antigua en el pueblo de Remedios. Cuando escribí este cuento ya estaba en ruinas, y se paseaban por ella personajes como Majá y Cavarroca inventando los más tenebrosos cuentos de misterio. El Palomar se derrumbó el 1 de julio de 1977, en ese mismo año la televisión nacional cubana filmó un animado de este cuento que conocieron y cantaron los niños de toda la isla.

***

–Oye, Alexis. ¿Cuánto hemos recogido? –dijo Rogelio.

–Doce centavos.

–Con eso no nos alcanza ni para cohetes chinos...

Desgraciadamente era verdad. Tanto que habíamos luchado por asegurar el triunfo de nuestra parrandita (1) y ahora, casi al final, se iba todo por tierra.

En mi pensamiento sólo veía el Trabajo de Plaza (2) que queríamos hacer. La carretilla de José, el cojo, adornada con papeles brillantes y Maricel, la niña más linda del barrio, bailando al compás de nuestro Changüi (3).

–Miren, muchachos. El dinero recogido por el grupo no nos alcanza ni para un ramillete de voladores de a medio...y eso que hicimos tremendo

Repique (4) con gangaria, atambora, y cencerro que alboroto a todo el mundo; la cuadra se llenó, pero la alcancía vacía

Estábamos cabizbajos. De pronto se me ocurrió una idea y dije: — ¡Resuelto!... ¡El tesoro del palomar será nuestro! Tendremos dinero...

Nosotros sabíamos que bajo las ruinas de esa antigua mansión remediana, se encontraba un inmenso tesoro de incalculable valor, pero también era incalculable el peligro de encontrarlo. Un filibustero muy famoso del mar caribe había sido su dueño. El palomar fue lugar de refugio para el pirata El Olonés. Cuando todo aquello era una manigua había hecho enterrar allí sus riquezas.

"Majá", el alcalde del Palomar, nos había informado que al correr del tiempo esta casona fue habitada por un esclavista. Siete esclavos descubrieron el tesoro y siete esclavos murieron entre sí por poseerlo. Ocurrieron muchos incidentes por el estilo.

Cabarroca aseguraba haber visto el fantasma del Olonés bajar de la torre en las noches de luna llena con su espada empapada en sangre. "Majá" decía que los siete esclavos no dejaban llegar vivo a nadie al lugar donde se escondía la fortuna.

Entre discusiones uno del grupo dijo:

— ¡No tengamos miedo, encontráremos el tesoro del Palomar!

Esas palabras nos dieron ánimo y fue así que pusimos de acuerdo y todo se hizo con rapidez. Dos palas de Rolando y con el farol viejo de Ricardo ya tuvimos los elementos para la aventura. ¿Se llevarían armas? No las necesitábamos. Las armas son inútiles contra los fantasmas. Aprendimos unas palabritas para alejarlos: "Llegó el Kio Kio, fuera los fantasmas de aquí".

Así que nos fuimos donde la calle solitaria. Allí estaba la vieja casona desafiando el tiempo. Solo nos llamó la atención unos disparos lejanos y un poco más tarde un caro patrullero que con su sirena de alarma despabilo la soledad de la noche, pasando frente a nosotros y perdiéndose luego por uno de los callejones cercanos a la casa. Seguimos nuestro camino y ya frente a ella, dije al grupo:

—Metámonos por ese portillo en la cerca.

Al entrar pudimos ver una escalera de caracol, que cerrada por una reja daba acceso a la torre. Luego de habernos introducido en la segunda habitación, lugar central, tendríamos que pasar dos habitaciones más y doblar a la izquierda. Allí era donde seguramente los esclavos nos estarían esperando.

En nuestro pensamiento bullían solamente unas palabras: "El tesoro, el tesoro". Avanzamos al lugar señalado. Pero, de pronto, creímos oír como un lamento; una queja desde las profundidades de la habitación contigua. ¡Serían los lamentos de ultratumba! O las quejas de las almas en pena de los siete negros esclavos. Al oír esto el rostro de Alexis palideció y cuando pudo articular palabra comenzó a gritar:

— ¡Ay, fantasmita no me hagas nada, mira que yo siempre me he portado bien!

Todos estábamos asustados, no sabíamos que hacer, nos sentíamos paralizados. Fue Ricardo quien dijo:

—Esos quejidos, más bien parecen que alguien se lamenta por algún dolor.

— ¿Tú crees? — le dije— ¿y si es algo del más allá? Y cuando íbamos a comenzar la discusión, los quejidos se convirtieron en palabras:

—Ayúdenme… ayúdenme…

Entonces huyo el miedo de nosotros, pues alguien pedía ayuda, he iríamos de inmediato a socorrerlo. Así fue que entramos en la habitación de donde salía el pedido de auxilio. Caminamos en la oscuridad solo el tiempo necesario para acordarnos del viejo farol que traíamos, lo encendimos y encontramos en un rincón a una persona bastante joven que sangraba de su pierna izquierda. Nosotros éramos miembro también de los "Lobatos" la fracción infantil de los Boy Scout y sabíamos de primeros auxilios, por eso rápidamente hicimos un "torniquete" en la pierna lesionada con un pañuelo grande que traíamos para depositar allí las piedras preciosas del futuro tesoro, y rápido seso el sangramiento, luego inmovilizamos la pierna con dos pedazos de madera que encontramos y los cordones de los zapatos de Alexis. Pasaron algunos minutos y el joven ya reanimado nos contó su historia:

Él era un revolucionario que luchaba contra la tiranía que gobernaba la isla. Y había decidido irse a las montañas para alzarse en contra del gobierno, y para ir armado se llevó el revolver de su abuelo; un "mambí" veterano de la guerra de independencia, a un cuadra de aquí se topó con una patrulla de policías, que después de darle el alto y no recibir respuesta dispararon y se entablo un tiroteo, el joven apena pudo disparar dos tiros porque su arma se encasquillo y tuvo que darse a la fuga, siendo alcanzado por uno de los disparos, pero así y todo siguió corriendo y milagrosamente pudo entra al Palomar sin ser visto. El herido nos había informado que un médico que vivía a la salida del pueblo conocía a su familia y además de curarlo lo iba a proteger de la policía.

— Entonces era muy importante sacarlo cuanto antes del Palomar— pensamos.

—Pero la policía anda rondando por estas calles, yo vi una patrulla al llegar aquí— dije al recordar el auto que paso delante de nosotros antes de entrar en esta misteriosa mansión.

—Es verdad si no nos apuramos darán con el herido— dijo Ricardo

— ¡Hay que salvarlo! — agregó Rogelio.

Ya a todos se nos había olvidado lo del tesoro y por supuesto La Parrandita. Por esos nos sorprendimos cuando Ricardo dijo:

– ¿A qué vinimos a este lugar?

–A buscar el tesoro– contestamos

–Pero ¿para que queríamos el dinero?

Todos nos miramos extrañados, pero dijimos al unísono:

–Bueno para hacer una parrandita

–Pues haremos una y de las buenas– concluyo Ricardo.

Recordamos la carretilla prestada y los cartones que nos regalaron. Rápidamente buscamos esos materiales que garantizarían la futura carrocita. En la carretilla acomodamos al herido y luego lo forramos con los cartones de colorines, cosa que no se viera por dentro, le pusimos cuatro faroles uno en cada esquina para hacerla más parrandera, y salimos por toda la calle cantando:

UN GRUPO DE MUCHACHO
HICIERON UNA CARROZA
MIRA QUE CARROCITA
PARA JUGAR A LAS PARRANDITA
MIRA QUE CARROCITA
PARA JUGAR A LAS PARRANDITA

Los guardias que patrullaban la calle del Palomar, se quedaron como bobos mirando nuestra parrandita, nosotros no dejamos de bailar y de cantar hasta perderlos de vista.

Habíamos encontrado un gran tesoro: el de la Solidaridad humana y estábamos haciendo una buena   PARRANDITA

***

(1)   Parrandita, es un juego de niños en Remedios. Imitan a las carrozas, fuegos artificiales y trabajos de plazas.

(2)   Trabajos de Plaza, consisten en realizaciones artísticas monumentales que se construyen en plaza y parques.

(3) Changüi, pequeña orquesta que recorre las calles en días de fiesta.

(4) Repique, orquesta callejera típica de Remedios compuesta por un tambor conocido por atambora, acompañado por rejas, cencerro y gangaria que recuerda el repiquetear de las campanas de la iglesia llamando a las misas de aguinaldos.

UNA AVENTURA CON LA VIUDA

Era época de carnaval y el pueblo lo disfrutaba, disfrazados unos, en carrozas otros. Había caretas y serpentinas por todas partes. El grupo se encontraba entusiasmado pensando hacer una comparsa.

Se preparó todo rápidamente. Pintamos y forramos un barrilito, le dibujamos dos o tres figuras y con ello quedó reluciente. El farol de la última parrandita lo utilizamos como farola. Con un sartén y dos palanganas viejas completamos la parte musical.

—Falta algo —dijo José Emilio— ¿Quiénes serán nuestras parejas?

A las muchachitas les gustaba mucho la idea, pero algo imprevisto había estropeado la cosa: se rumoraba que al oscurecer salía una "viuda" vestida de negro y ladrona por las casas del pueblo.

—Sí, ya sabemos que a nuestras compañeras no las dejan salir. Pero, ¿qué podemos hacer?

Ricardo dijo entonces:

—Atrapemos a la "viuda" y se resolverá el asunto...

Todos quedamos pensativos. Se sabía que la "viuda" era una mala persona disfrazada, la cual atemorizaba a la gente para realizar delitos a su libre albedrío.

—Será algo peligroso, ustedes saben que anda armada —dijo Alexis—.

— Pero podemos arriesgarnos —contestó Rogelio.

– Es verdad y así no molestará más.

Y nos dispusimos a elaborar un plan efectivo. Fuimos consiguiendo elementos bélicos: como tirapiedras, y tirachapas y también implementos para la captura; soga, linterna, chismosa, farol, una red de pescar y un mosquitero viejo. La escopeta de municiones iría a la vanguardia y ligas con tacos como armas de protección.

–Yo lo tengo –dijo Ricardo...

Se sabía la trayectoria de la viuda. Nos dividiríamos, un grupo en una esquina de la calle y el otro más allá. Cuando la "viuda" se encontraba dentro del área dominada por nosotros, sería cosa de juego apresarla.

–Mañana a las once de la noche, en el Parque de La Raspadura –les dije.

El día pasó rápido y la noche llegó. Todos nos encaminamos hacia lugares señalados, deseosos del triunfo en esta nueva aventura. Repartidos y preparados aguardamos por nuestra futura presa.

Pasó un rato y ya comenzábamos a impacientarnos cuando se divisó una forma sospechosa a lo lejos. Dimos un chiflido de aviso y nos pusimos al ataque. La figura avanzaba recostada a la fachada de las casas y se le oía hablar: podía estar maldiciendo o recitando algún "conjuro". Nos dimos cuenta que llevaba un objeto en la mano.

–Un puñal...

—No, puede que sea un revólver, hay que tener cuidado.

—No dejaremos que llegue al centro, ahora mismo le caemos.

¡Vamos, ahora!

Pasó musitando cerca de nosotros. Aquí fue la acción.

Una zancadilla al pasar la hizo caer. Luego el mosquitero y dos sogas la aseguraron.

—Aquí la tienen —dijo Rogelio.

—Ahora si podemos hacer la comparsita...

—Oye no es un puñal lo que tiene en la mano, es una botella...

Escuchamos murmullos en el bulto que habíamos hecho.

Después una voz entrecortada dijo:

— ¡Qué borrachera más extraña he cogido hoy!...

EL POCITO DE LOS DESEOS

Las vacaciones llegaban a su fin y el grupo quería construir una piscina antes de empezar las clases. Fue este nuestro sueño por mucho tiempo. Ya habíamos pasado apuros en la poza del Güije, en Camaco en el Boquerón y en Jinaguayabo —Además las clases comenzaban y no había tiempo para estar bañándose en pozas ni en playas, ni en nada por el estilo.

Habíamos pensado construirla en el patio de mi casa, rodeada de un bello jardín botánico, pero todo salió mal. Se formó un fanguero grandísimo, se rompieron en nuestras excavaciones unos tubos de agua y no perecimos ahogados, pero se nos prohibió un nuevo intento. Y del jardín sólo logramos unas matas de corojos, romerillo, verdolaga, apazote y guizazo de caballo.

—Caballeros, no lo pensemos más, vamos a buscar El Pocito, y le pedimos la piscina —dijo resueltamente Ricardo.

—Es verdad...

—Sí, vamos al Pocito de los Deseos...

La existencia del Pocito era muy discutida. Unos decían que allí bebieron agua los piratas famosos y estas le dieron fuerzas para la pelea. Otros comentaban sobre los poderes extraordinarios que tenía este Pocito nadie podría encontrarlo por estar rodeado de guardianes y perdidos en un lugar maravilloso, en una vereda sin fin.

—Óigame, ir al pocito es un peligro —dijo Alexis, temeroso como siempre.

—A mí me han dicho que de allá viene el sonido del cencerro —dijo otro.

—Es verdad, el Cencerro de Arria, el que se oye al anochecer aquí en Remedios —agregué.

Y siguieron los comentarios. Según decía Julio "Problema" esa no era empresa fácil. "Cascajo" afirmaba haber visto a Valentín el verdugo, a la Rondona y a la bruja de San Salvador, jugar a la rueda alrededor del pozo, sin dejar acercarse a nadie. Todos ellos fueron personajes misteriosos de este pueblo.

—Vamos, que no se diga. Eso son cuentos chinos. —dijo Ricardo.

—Miren muchachos, si no nos arriesgamos, jamás podremos hacer nada.

—Si, caballeros, piensen en la piscina.

—Oye, ¿Y Plácido?

— ¿Quién sabe dónde estará? Iremos sin guía —concluyó Rogelio.

Y no se discutió más. Conseguimos unas cuantas provisiones: Agua con azúcar, dos o tres naranjas y unos cuantos platanitos nos servirían de alimento para la travesía. Ya contábamos también con el carretón de Pedrito Moré y dos chivos que nos llevarían cómodamente por la vereda del Carmen hasta el final. La vereda del Carmen había sido un camino que antiguamente unió a Remedios con Puerto Príncipe. A esta vía, ya abandonada, la rodeaba espesa vegetación que la hacía casi intransitable.

Eran las tres de la tarde y ya comenzamos a pasar trabajo: con los chivos. De no ser el mazo de yerba que mantenía Rogelio colgando delante de ellos, no hubiéramos caminado ni tres pasos.

Transcurrió algún tiempo. Buscábamos y buscábamos y no aparecía el pocito, —Alexis dijo.

—Muchachos, ya es tarde y el Pocito no aparece...

—Ni los fantasmas tampoco...

—José Emilio. Tú no oye un ruido...

—Sí, sí, ahora se oye mejor...

Escuchamos claramente: ¡Tan tan taratín tan tan! Alexis gritó:

— ¡Es el Cencerro, a correr!

Alguien saltó del carretón y Rogelio dándole golpes a los chivos decía... ¡Chivito, chivito, corre!

José Emilio dijo:

—Seguro que detrás del ruido del cencerro vienen los fantasmas.

Eduardo agarró un chivo por el rabo y yo por una oreja, pero ellos ni se movían.

— ¡Miren caballeros, ya está aquí el problema! Gritó Alexis.

Se oyó entonces el ruido de mayor fuerza.

¡TAN TARATIN TAN TAN!

Y todos gritamos:

—Pero si es Plácido.

Era cierto. Plácido se había aparecido a última hora con un montón de cencerros y nos lo explicó todo.

—Cuando ustedes hablaron de la vereda yo me acordé que había enterrado unos cencerros aquí; pues estos instrumentos se deben enterrar para que suenen mejor, y pensé que nos iba a hacer falta...

—Pero, ¿para qué?

— ¿Para qué va a ser? Para formar una parrandita...

—No, no, es mejor seguir buscando el Pocito, para que nos de la piscina.

—Ya otro día lo encontraremos —dijo firmemente Plácido. Ahora es mejor un poco de música.

—Es verdad.

— Claro, ya se están acercando las fiestas de las parrandas.

¡TAN TARIN TAN TAN! Los cencerros comenzaron a sonar en nuestras manos.

Nos alejamos cantando la cuarteta de nuestro barrio.

Viva el Carmen con fervor

con su luz y su bandera

y abajo las chancleteras

del barrio San Salvador.

– Ey, ey, un momento que yo soy del barrio San Salvador –dijo Rogelio.

Y para no molestar a nadie volvimos para el pueblo formando una comparsa, tocando y cantando por el camino:

¡Arriba con el changüí

y viva el Kio Ki!

¡Arriba el Kio Ki!

¡Viva el Kio Ki!

Parte II
LA PARRANDITA

En el Folklore encontramos

todo lo que necesita como

alimento el espíritu del niño.

Gabriela Mistral

FAROLIN FAROLERO

> **Mañana sí nos veremos,**
> **con faroles y bombitas;**
> **parrandas imitaremos**
> **jugando a las parranditas.**

El grupo de niños.

Nosotros éramos caprichosos, porque después de encontrarnos en la poza que había servido de refugio contra las avispas, seguíamos pensando en el tesoro...

Fue en aquellos días en que Pillo Problema andaba con el cuento de un farol extraordinario, que lo llamaban Farolín Farolero y nosotros comenzamos a pensar que podríamos obtener colecciones de faroles, banderas y estandartes que adornarían nuestro canto el día de la fiesta.

Los faroles no faltan en una parranda. Estos encienden la alegría y hacen brillar los golpes del cencerro y los tambores.

Las banderas son insignias de cada barrio; si ves ondear una bandera carmelita con un triángulo rojo en el que flota un globo, es la del barrio de El Carmen. Si es fuego lo que se despliega al viento y dentro de un cuadro azul canta un gallo, es la de San Salvador.

Problema afirmaba: —Farolín Farolero es único en su clase; si logran tenerlo en su poder sólo tienen que decir: Farolín Farolero, /has de esto /lo que yo quiero.

Para que de una colcha de trapear saquen un estandarte, o de un saco de harina una bandera, o si no de un cubo y viejos orinales una colección de faroles.

También nos explicó que un famoso farolero lo había olvidado en una zona cercana al camino de Rojas. Que debíamos ir al día siguiente, porque a lo mejor él nos ayudaba en la búsqueda.

Todo el grupo estaba atareado: se consiguieron palanganas desfondadas, sartenes oxidados, un mantel viejo y dos sobrecamas remendadas, que serían transformadas cuando obtuviéramos el tesoro.

Aquel día, cuando nos levantamos, salimos corriendo de la casa; sólo pensábamos en Farolín. El sol todavía acariciaba el verdor del plátano y la caña; a lo largo del camino se fueron despertando las flores y miles de sabaneros desplegaban sus vuelos para sacudirse el rocío.

— ¡Ey muchachos, miren la arboleda! — gritó uno del grupo, y como resorte nos filtramos en aquel tumulto de árboles adornados de mameyes, mangos y aguacates.

Pasó el tiempo, trinaron mucho los pájaros... La cigarra formó un gran alboroto, como si compartiera nuestro deseo, y en el momento en que Sergio llamaba al grupo, aparecí yo:

—Lo traigo aquí, me lo dio Pillo — les dije, mientras enseñaba un saco que traía en la mano —.

Se rompió el silencio, el viento se llenó de bulla, los árboles y las hierbas supieron de nuestra alegría; era como una fiesta de sapos en una noche de llovizna.

Yo no me cansaba de enseñar el trofeo... De pronto, al entregar aquel saco, apareció Pillo y dijo:

—No lo abran, no lo abran, llévenselo, que yo me quedaré vigilando para que el farol no pierda su magia.

Y todos corrimos para el campamento y depositamos aquello en el centro de una mesa. Pasaron unos minutos y no nos decidíamos a abrirlo. Mientras, una araña, colgada del hilo de su tela, fue empujada por la brisa...Algo se movió dentro del saco y uno interrumpió el silencio diciendo:

—Busquen los fósforos para encender el farol...

Y a otro le picó la curiosidad y lo abrió. Un zumbido inundó el lugar; yo me tiré por la puerta y los demás por las ventanas. Fue Sergio el primero que llegó a la poza. El Gordo se dio un panzazo sobre las aguas y creo que a Puchín lo picó una de las abejas.

Nosotros éramos caprichosos, porque después de encontrarnos en la poza que había servido de refugio contra las avispas, seguimos pensando en el tesoro...

LA CONQUISTA DEL BAÚL

Pillo Problema comenta

que por Remedios, regados,

hay tesoros de parrandas

que emblemas son, encantados.

Que encontrar estos tesoros

– sigue diciendo este Pillo –

es asunto muy complejo:

lo contrario de sencillo.

El grupo de niños

Era necesario conseguir el baúl de Ña Trina.

Las leyendas de épocas pasadas habían envuelto este baúl, transformándolo para los antiguos remedianos en barómetro, que indicaba el "buen tiempo" si estaba cerrado y la "lluvia" cuando se abría.

El pequeño Pity preguntó:

– ¿Y qué tiene que ver todo eso con la parrandita?

–Fácil, podemos asegurar una noche perfecta para las fiestas, si impedimos que se abra colocando una piedra arriba – respondió uno del grupo.

Según los datos calculados por Pillo el baúl debía estar en los alrededores del río Camaco. Nos advirtió que no lo veríamos en su forma normal, pero que no nos desanimáramos, porque él tenía la llave del asunto.

—Cualquier cosa rara que vean, alguien dirá: Pillo Problema me manda/ a que sirvas en la parranda, y aunque el baúl esté disfrazado, en ese momento será de ustedes esa parte del tesoro.

Todos nos animamos con el proyecto; un entusiasmo se adueñó de nosotros; con los preparativos, se llenó el campamento de sonrisas. Ese día vimos el sol más lustroso y las mariposas conversando con las flores... Y cuando las sombras se anunciaban en el horizonte, ya nos encontrábamos marchando hacia el Camaco. El camino, no muy largo, dormitaba ya; a lo lejos unas palmas se mecían con el viento y un concierto de grillos comenzaba su función.

Puchín iba delante. Encontramos una cerca de bien vestidos, luego un monte, una pendiente, y palmas que surgían a nuestro paso, como guardianes perennes del lugar. Más tarde cantó una tojosa y el Gordo dijo:

—Esto es misterioso.

Y otro exclamó:

— ¡Miren el río!

Pasó un tiempo más y cuando el viento estrujó las aguas del río alguien dijo:

—Miren qué cosa más rara ésa: una piedra grande y una motica negra.

Vimos una roca sobresaliente a orilla de las aguas; por uno de sus lados se arrastraba una motica negra que flotaba también.

Fue en ese momento cuando las ramas de los árboles se robaron la claridad y dos framboyanes abanicaban con el viento. Volvió a chillar la tojosa y algunos temblaron.

Todos esperábamos... Uno, decidido, pronunció las palabras mágicas y otro no esperó más y se lanzó a coger aquello.

De pronto la motica se alargó... Reinó la confusión por todo el campo; río, piedras y potreros fueron poco para nuestra carrera. Logramos saltar una cerca, después que respiramos surgió la voz de Pity:

—Miren que Pillo Problema es... Cómo no nos dijo que ese baúl se podía convertir en un toro... ¡Yo no entiendo!

LA VITROLA DE LOLA

Palenques y voladores

al espacio se lanzaban

y por doquier sonaban

morteros atronadores.

Humberto Vasallo.

Cucho era una de esas personas simpáticas por naturaleza; siempre se reía de todo. Cuando se enteró de que nosotros estábamos buscando el tesoro, llegó diciendo que él sí sabía dónde estaba la vitrola de Lola, que no era fácil encontrarla, pero que si buscábamos en el túnel de la casa de Eulalia nos llevaríamos una sorpresa.

—Es verdad, caballero, hay que intentarlo. Cucho no es un paquetero como Pillo – dijo uno.

La vitrola de Lola, según nos dijo Cucho, era sorprendente; cuando la tuviéramos en nuestro poder tendríamos que darle cuerda y a la vez ir diciendo:

Vitrola de paquete,

toca como un clarinete.

Vitrola de cartón,

toca como un trombón.

Vitrola de croqueta,

toca como una corneta.

Y luego, cuando tuviera toda la cuerda, gritar:

Vitrola bonita,

toca en la parrandita.

Y comenzaban a oírse ruidos de latas que eran arrastradas, llenas de piedras, por las calles; así sucedía al principio de la fundación de las parrandas. Luego se iba transformando el ruido, y alcanzaba musicalidad, al combinarse los sonidos de la atambora, las rejas, las gangarias y los cencerros; este era el "Repique" que corría por las calles días antes de las parrandas. Más tarde se oía el piquete musical de trompetas, clarinetes, bombardinos, trombón y timbal, que interpretaban las polcas de ambos barrios.

Cuando Ricardo ideo el plan, todos aceptamos.

Este consistía en ir a casa de la abuela de Rogelio, que era vecina de Eulalia, subir a la azotea, de allí a los techos y luego descender al patio donde en un extremo se encontraba el túnel.

Así lo hicimos. La noche nos sorprendió por los tejados, iluminados por una luna llena; era como una fiesta de gatos enamorados. Ya veíamos el patio.

–Por aquella ventana vamos a bajar...

– ¡Ay!, me cogiste un dedo.

–Silencio... Silencio... que se despierta la gente.

Al llegar al suelo, el patio nos esperaba abrigado de mamparas donde la noche dibujaba su claridad,

–Miren allá...La argolla del túnel.

En aquel momento el árbol de mamey roncó con el viento; su sombra se proyectaba en las lajas del piso.

–Apúrense.

Ya Sergio había alzado la argolla y nos metimos todos. Caminando entre paredes.

–Óiganme, esto está feo – dijo el Gordo –

–Va, seguramente encontramos la vitrola.

– ¡Miren una lucecita! – interrumpió uno.

–Una lucecita no, ¡una lucesona!

– ¡Ay!, un fantasma.

Hacia el fondo del túnel se divisaba una cara que anunciaba sus dientes, iluminándose de abajo arriba.

– ¡Ay, mamita! ¡Ay, mamita! – gritaba el Gordo y arañaba las paredes.

No me explico cómo Sergio tomó una piedra y la lanzó contra aquello.

Oí un grito y unas palabras:

– ¡Ay, ay!, me cogió la cara

Y cuando íbamos a correr, saltó Pity:

– ¡Pero si desguabinamos al fantasma!

Y hasta el Gordo se rio.

En tres días no vimos a Cucho; no salía de la casa, porque tenía la cara vendada, dice él que por una muela.

LOS MISTERIOS DEL PINO

Que noche, noche candente

de parranda y primavera,

que grita en calles y aceras

un repique alegre humano,

con un sabor remediano

de faroles y banderas.

Fidel Galván.

A mí me dijo mi abuelo que hace muchos años las parrandas están andando. Primeramente, era un grupo de personas que durante nueve madrugadas del mes de diciembre se paseaban, haciendo bulla por las calles, para despertar a los habitantes de este pueblo y que fueran a la iglesia.

Que después se pusieron mejor y fue cogiendo su musiquita, sus adornos, sus cantos, y se dividió en dos grupos o barrios que competían y a este último ayudaron mucho Celorio y el Mayorquín.

Esto explicaba yo, cuando llegó Pillo y dijo: —Todo eso me lo sé de memoria; pero lo más lindo del caso es que yo puedo revivir toda la historia como si fuera una película, con un aparato que inventé y forma parte del tesoro.

Según Problema, su invento era un cajón en el cual se encontraba un resorte en forma de gallo y gavilán, que peleaban entre sí. Había que desapartarlos, y ellos, con sus ojos clavados en la pared, proyectaban la historia de las parrandas: el gallo la de San Salvador y el gavilán la de El Carmen, y se veía igual que el cine.

Después que se fue Problema, se formó la discusión.

Ricardo decía:

—Eso es mentira.

—Claro que es mentira – aseguraba Sergio.

Y la mayoría de nosotros estaba de acuerdo con eso. El único empecinado era Puchín:

—Bueno, caballero, vamos a probar; puede ser que encontremos algo que nos sirva para la parrandita.

Pillo no decía la verdad; pero como Puchín era buen amigo, después de grandes discusiones decidimos acompañarlo para que terminara de convencerse.

Pillo Problema decía que el cajón estaba en el pino de Jorin. Que tuviéramos precaución, porque él lo había escondido de un interesado mago de esos que duermen en cama de tachuelas y encantan jubos, majas y hasta madre de agua, con un fotuto tocando la Chambelona y que lo habían visto volar por el pino montado en una toalla.

Pronto estuvimos en la cerca de piedra que rodeaba la casa del pino; la luna se encaprichó de gris, mientras la noche se salpicaba de llovizna y el framboyán oía el canto del grillo y la cigarra.

Cogimos una vereda; las aguas susurraban su canción y un tumulto de ranas croaban de aplausos la melodía. El viento pobló el ambiente y una penca de guano cayó de una palma que se interponía desafiante, pronto estuvimos en un cuartucho.

—Este es el lugar – le oí decir a Puchín.

Cinco o seis guayabitos corrieron asustados y se vio una cajita en la oscuridad.

—Puchín, vámonos – rogaba el Gordo.

Puchín se adelantó, se apoderó de la cajita y, luego de revisarla introdujo la mano en ella. Sólo recuerdo que oí un grito y vi una mueca de dolor en su rostro, que se fue tornando después en una sonrisa.

—Esto me pasa por terco y por bobo – decía, y nos enseñó uno de sus dedos prisionero de una ratonera.

EL CABEZÓN BAILARÍN

No hay más que una vara

a cuyo golpe se abre

en agua pura toda roca:

es el trabajo.

José Martí.

En nosotros había tomado forma aquello de: "El haragán trabaja doble". Muchos fueron los sustos pasados y muchas las carreras que nos envolvieron, por tratar de obtener el tesoro de parrandas, que según Pillo Problema proporcionaría beneficios sin mayor esfuerzo. Todo eso nos sirvió de lección.

Estábamos reunidos cuando Ricardo se levantó y nos dijo:

—Lograremos hacer la parrandita; lo que tenemos es que guapear y trabajar todos juntos.

Y en ese momento, rompimos el encantamiento en que nos habíamos envuelto Pillo con sus lluvias parranderas.

—Con latas, cartones, con todo lo que podamos recolectar, formaremos la fiesta — continuó diciendo Ricardo.

Ricardo, de pequeña estatura, amplios dientes, ojos soberbios y nariz donde cabalgaban espejuelos, era rápido de pensamiento y estaba repleto de ideas. Una de éstas fue la de hacer una carroza con una mesa de comer, montada en patines, con bambalinas de cartón bañadas de lechada de cal, y adornadas con miles de dibujos hechos con tizas de colores.

En ésta subiríamos a Alicia, mi prima, para que bailara delante de Manuel, que iría de sultán con un turbante hecho de una toalla y acariciado por el fresco que le proporcionaría la hoja de plátano que llevaría en la mano Puchín, vestido de esclavo. Se le ocurrió también que el sonido de los voladores podía ser sustituido por siquitraques hechos de hojas de libretas usadas, y que los fósforos lanzados al aire iluminarían la noche. O que se podía construir una antorcha con la colcha de trapear, para ahorrarnos las luces de bengala.

Rápidamente se empezó la labor; luego surgieron nuevos proyectos: montamos en trapeadores y palos de escoba, piñatas desechas y cajas de fideos, que después adornamos con huecos y papeles de colorines; los iluminamos con mochos de velas y quedaron transformados en faroles que se reían de lo bello.

Pero se presentó una dificultad: no era fácil construir un trabajo de plaza que impresionara con su presencia y arrebatara el triunfo a cualquier contrincante. Por esto hubo discusiones.

—Lo que uno se propone hacer lo consigue – exclamaba Ricardo. Y yo salté:

– ¡Ya lo tengo! Mataremos dos pájaros de un tiro.

La idea consistía en conseguir un cabezón semejante a los que salen en las parrandas de Camajuaní. ¡Es un muñeco grande que lleva adentro una persona que baila al compás del Changuí y mueve su cabezota como si se meciera con la música que lo envuelve...!   ¡Ah, meter adentro a Pillo sería lo ideal!

Luego anunciar la cosa como algo nunca visto: un trabajo de plaza viviente.

Y a la vez le daríamos a Pillo una lección por sus mentiras.

Por fin llegó el día en que armamos el cabezón para colocárselo a Problema, como un casco enyerbado. Pillo estaba sentado en su silla, dormitando delante de la fachada de una casita que se vestía de tiempo. El viento tropezaba con el bienvestido de enfrente. Las hierbas murmuraban a nuestro paso.

Cuando llegamos, no se perdió un momento: Ricardo avanzó con el cabezón en los brazos, Sergio con las sogas y nosotros detrás...

Todo se hizo con rapidez. Pillo despertó asombrado, tejido de sogas y bejucos, y encajado en aquel capuchón.

Más tarde, cuando las sombras bebían el último buchito de luz, donde unas montañas se vestían de negro, ya llevábamos a nuestro prisionero a la parrandita. por el camino pensaba en lo temprano que tuve que levantarme ese día para cortar aquellas cajetas o vainas mojadas de rocío, que puestas en contacto con la piel producían una picazón insoportable.

Después las eché en un cartucho que me amarré al cinto, como si llevara una cantimplora.

Temprano en la noche empezó la fiesta. Unos golpes de penca de guano contra la acera imitaban el sonido de los voladores.

Fósforos y cohetes se adueñaron del ambiente, acompañando los cantos parranderos:

> El Carmen y San Salvador
>
> echaron una porfía
>
> El Carmen comió jutía
>
> y San Salvador, lechón.
>
> Aquí te espero.
>
> Aquí te espero,
>
> Aquí te espero,
>
> Sanrarí,
>
> para darte cuero.

Se quemó una bota con una corbata remendada y se dijo que era un fuego artificial. Luego salió la antorcha para alumbrar nuestra carroza y la rodearon faroles, trapos rojos, azules y carmelitas, que la tiñeron de triunfo; sonaron latas, cartones; se tararearon las polcas y cantaron:

Ganamos, Sansarí,

Ganamos.

Ganamos, Sansarí,

Ganamos.

—Dónde vas, San Salvador,

con la noche tan oscura.

—Voy a abrir la sepultura,

que El Carmen ya se murió.

De pronto yo miré al cabezón de Pillo Problema y ni se movía...Extraje el cartucho de la cintura, soplé con cuidado, me acerqué y lo abrí dentro de su capuchón...

No había pasado un minuto, cuando Pillo Problema empezó a saltar, haciendo piruetas en el aire. De pronto cayó al suelo, por el que se arrastró como un loco; después se levantó y corrió de un lado a otro buscando la música.

Uno dijo:

– ¡Qué viva el trabajo de plaza!

Y otro aseguró:

—Es un cabezón bailarín.

Pity se volvió hacia nosotros y dijo:

—Pero, ¿qué le han echado?

Ricardo y Luis Alfonso me miraron serios. Yo sonreí y seguí bailando a la vez que cantaba:

> Con el grupo no se juega,
>
> y si se juega, cuidado,
>
> que estamos muy bien unidos
>
> ¡y esto ya lo has comprobado!

***

FIN

BIOGRAFÍA DEL AUTOR

DR. MIGUEL MARTÍN FARTO

Nació en Remedios, Cuba. Graduado de doctor en medicina, especializado en Ginecología y Obstetricia. Es escritor, e investigador del folclor de su país, Perteneció a la UNEAC (Unión de Escritores y Artistas de Cuba), a la UPEC (Unión de Periodistas de Cuba). Sus artículos y cuentos los han publicado en las revistas nacionales; Bohemia, Revolución y Cultura, Signos. Obtuvo el gran premio de la Radio y Televisión en el año 1983 y el Caracol de la UNEAC. En 1980 fundó el Museo de las Parrandas Remedianas. Actualmente vive en Miami, Estados Unidos, es miembro del Colegio de Periodistas, la Academia Cubana de la Historia, columnistas del periódico YA, miembro activo The Cover Rincon Internactional Poetry and Other Arts, es guía de la Enseñanza Ray Sol, continuación de la Obra Saint German - Conny Méndez. Además, se ha graduado de "Licensed Midwife" y trabaja en el Hialeah Medical Plaza.

Algunas de sus obras han sido traducida al Inglés. Él ha presentado su obra literaria en Cuba, Angola, Venezuela, Estados Unidos, Argentina, Perú, Ecuador y Chile.

Sus libros publicados son:

La Parrandita (1979)
La Carpa de Fiesta (1984)
Parrandas de Remedios (1988)
Serafín Relojín (1992)
EL Secreto del Arco Iris (1999)
Las Aventuras de Kio Ki (1999)
Las Aventuras de doña Ovulo y don Espermatozoide (2000)
El Pirata Barba Trampa (2000)
Las Parrandas de Remedios en Cuba y en la Diáspora (2005)
Segunda edición (2016)
EL Remedios que llevo dentro (2005)
El Mágico Rayo (2005) Primera edición
El Tesoro de Kio Ki (2009) Segunda edición (2017)
El África que Yo Conocí (2010) Segunda Edición (2016)
Jindama, tres Historias de amor en Parranda (2013)
San Juan de los Remedios de la Sabana del cayo, Homenaje
a sus 500 años (2015)
El Raro Universo de los extraños Planetas (2015)
La chiva Panchita y Otros cuentos (2016)
El Maravilloso Mundo de Chinchiguirino (2017)
El Mágico Rayo (2018)

www.ingramcontent.com/pod-product-compliance
Lightning Source LLC
Chambersburg PA
CBHW080307030726
47593CB00009B/2673